24 Janvier 1856

TABLEAUX

MODERNES

Exposition le Mercredi 23 Janvier 1856

Vente le Jeudi 24, à deux heures.

LE CATALOGUE SE DISTRIBUE :

A Paris........	Chez MM. A. COUTEAUX, passage des Panoramas, galerie Montmartre, 27.
	POUCHET, rue Saint-Honoré, 333.
A Bruxelles....	GERUZET.
'A Rotterdam ..	A. LAMME.
A La Haye.....	ENTHOVEN.
A Amsterdam..	G. DEVRIES Jor.
	G. J. SCHOUTEN
A Londres.....	HENRY MOGFORD.

Mr Bart & Clery 5

MAULDÉ & RENOU
Imprimeurs de la Compagnie des
Commissaires-Priseurs
RUE DE RIVOLI, 144

CATALOGUE

DE

TABLEAUX

MODERNES

DONT LA VENTE AURA LIEU

HOTEL DES COMMISSAIRES-PRISEURS

RUE DROUOT, N° 5, SALLE N° 5,

au premier étage

Le Jeudi 24 Janvier 1856, à deux heures

Par le ministère de M° POUCHET, successeur de M. RIDEL,
commissaire-priseur, rue Saint-Honoré, 333,

Assisté de M. COUTEAUX, Passage des Panoramas,
(27, Galerie Montmartre, au premier).

EXPOSITION PUBLIQUE

Le Mercredi 23 Janvier 1856, de une heure à cinq heures.

PARIS

MAULDE ET RENOU

IMPRIMEURS DE LA COMPAGNIE DES COMMISSAIRES-PRISEURS
rue de Rivoli, 144.

1856.

CONDITIONS DE LA VENTE.

Elle sera faite au comptant.

Les acquéreurs paieront, en sus des adjudications, cinq centimes par franc applicables aux frais.

TABLEAUX

ANASTASI.

1 — Habitations au bord d'une rivière, soleil
couchant.

1856. — H. 31 c. L. 44 c.

ANASTASI.

2 — Le vieux Moulin, soleil couché.

1856. — H. 23 c. L. 40 c.

ANASTASI.

3 — Prairie, effet de soleil après la pluie.

1856. — H. 42 c. L. 62 c.

ANASTASI.

4 — Village du Loiret.

1850. — H. 18 c. L. 28 c.

BAUDIT.

5 — Paysage.

H. 40 c. L. 60 c.

BODMER (KARL).

6 — Cerfs dans un paysage.

1855. — H. 16 c. L. 24 c.

BODMER (KARL).

7 — Cerfs, le soir.

1856. — H. 24 c. L. 32 c.

BONNINGTON.

8 — Grec.

H. 40 c. L. 32 c.

BONNINGTON.

9 — Place de Venise.

H. 00 c. L. 00 c.

BONNINGTON (ATTRIBUÉ A).

10 — Paysage.

H. 24 c. L. 32 c.

CABAT (LOUIS).

11 — La Mare.

H. 00 c. L. 00 c.

CHARLET.

12 — Cocher.

H. 33 c. L. 23 c.

COMPTE-CALIX.

13 — Chez soi.

1855. — H. 54 c. L. 40 c.

COULON (LOUIS).

14 — Le premier Cheveu blanc.

1855 H. 74 c. L. 59 c.

COULON (LOUIS).

15 — Le Billet.

H. 32 c. L. 24 c.

COULON (LOUIS).

16 — Le Bichon.

H. 27 c. L. 21 c.

DAUBIGNY.

17 — Paysage.

1855. — H. 21 c. L. 28 c.

DEVERIA (ATTRIBUÉ A).

18 — Sujet tiré des *Mille et une Nuits*.

H. 21 c. L. 15 c.

DECAMPS.

19 — Bouvier des Landes (1855).

H. 19 c. L. 31 c.

DECAMPS.

20 — Margot-la-Pie, de M. Decamps.

H. 31 c. L. 22 c.

DECAMPS.

21 — Paysage.

H. 24 c. L. 38 c.

DECAMPS.

22 — Étude de Rochers.

Dessin rehaussé

DIAZ et DECAMPS.

23 — Chasse au bois.

H. 48 c. L. 34 c.

— D —

DIAZ.

24 — Sujet oriental.

H. 48 c. L. 28 c.

DIAZ.

25 — Chevaux au vert.

H. 25 c. L. 33 c.

DIAZ.

26 — Forêt.

H. 49 c. L. 65 c.

DIAZ.

27 — Enfants turcs.

H. 44 c. L. 61 c.

DIAZ.

28 — Paysage oriental.

H. 41 c. L. 70 c.

DUMARESQ (ARMAND).

29 — Christ.

H. 47 c. L. 38 c.

DUMARESQ (ARMAND).

30 — Philosophe.

H. 80 c. L. 72 c.

DUPRÉ (JULES).

31 — Lande.

1852. — H. 37 c. L. 46 c.

DUPRÉ (JULES).

32 — Paysage.

H. 40 c. L. 55 c.

DUVERGER.

33 — Intérieur de Cuisine.

1855. — H. 32 c. L. 23 c.

ESBRAT.

34 — Paysage et animaux.

1856. — H. 46 c. L. 55 c.

FROMENTIN.

35 — Environs d'El-Aghouat.

1854. — H. 52 c. L. 0 c.

FROMENTIN.

36 — Fantasia au Maroc.

1855. — H. 52 c. L. 96 c.

GÉRICAULT.

37 — Mazeppa.

H. 28 c. L. 22 c.

GÉRICAULT.

38 — Étude de cheval.

H. 28 c. L. 24 c.

GÉRICAULT.

39 — Étude de cheval.

H. 31 c. L. 22 c.

GÉRICAULT.

40 — Croupe.

H. 31 c. L. 16 c.

HOGUET.

41 — Chantier.

H. 26 c. L. 42 c.

JACQUE (CH.).

42 — Coq et poules, variétés de la race cochin-
chinoise.

1856. — H. 14 c. L. 22 c.

JACQUE (CH.).

43 — Chevaux s'abreuvant, soleil couché.

1854. — H. 22 c. L. 27 c.

JACQUE (CH.).

44 — Le Coup de l'étrier.

H. 23 c. L. 18 c.

JACQUE (CH.).

45 — Enfants et moutons.

1856. — H. 24 c. L. 33 c.

LAMBINET.

46 — Falaises.

H. 28 c. L. 44 c.

LAFFITTE.

47 — Chiens courants.

1856. — H. 23 c. L. 31 c.

LAFFITTE.

48 — Chiens courants.

1856. — H. 34 c. L. 26 c.

LAFFITTE.

49 — Chiens d'arrêt.

1856. — H. 64 c. L. 80 c.

MEISSONNIER.

50 — Lansquenets.

1855. — H. 15 c. L. 10 c.

MEISSONNIER.

51 — Liseur.

Dessin à la plume.

MEISSONNIER.

52 — Philosophe.

Dessin au crayon rouge.

MILLET (J.-F.).

53 — Paysanne étendant du linge.

1855. — H. 37 c. L. 27 c.

RICHARD.

54 — Chat voleur.

1856. — H. 26 c. L. 21 c.

ROQUEPLAN (CAMILLE).

55 — Le Moulin.

H. 40 c. L. 29 c.

ROUSSEAU (THÉODORE).

56 — Le Soir.

H. 60 c. L. 97 c.

ROUSSEAU (THÉODORE).

57 — Le Matin.

H. 24 c. L. 60 c.

ROUSSEAU (PHILIPPE).

58 — Le Renard et la Cigogne.

H. 28 c. L. 20 c.

STEVENS (JOSEPH).

59 — Le Chien et la Mouche.

1856. — H. 72 c. L. 93 c.

TRAYER.

60 —— L'Embarras du choix.

1856. — H. 32 c. L. 24 c.

TROYON (C.).

61 — Chiens courants au lancer.

1855. — H. 77 c. L. 102 c.

TROYON (C.).

62 — Paysage et animaux.

H. 60 c. L. 82 c.

TROYON (C.).

63 — Marché.

1855. — H. 32 c. L. 24 c.

TROYON (C.).

64 — **Nymphe.**

H. 24 c. L. 19 c.

TROYON (C.).

65 — **Paysage.**

H. 66 c. L. 46 c.

WILLEMS (FLORENT).

66 — **Distraction.**

1858. — H. 41 c. L. 33 c.

DIVERS ATTENDUS.

67 — Sous ce numéro seront vendus plusieurs tableaux de maîtres s'ils arrivent à temps de l'étranger.

40-2 Maulde et Renou, Imprimeurs de la Compagnie des Commissaires Priseurs, rue de Rivoli, 144.

www.ingramcontent.com/pod-product-compliance
Lightning Source LLC
Chambersburg PA
CBHW061635050726
47595CB00007B/3216